꿈결에 시를 베다

꿈결에 시를 베다

손세실리아 시집

차
례

1부

진경(珍景) 9

붉은 담쟁이 10

우주의 신발 11

미음 끓는 저녁 12

혼수 14

반 뼘 15

똔레삽 호수 16

코스모스 횟집 17

홀딱새 19

채송화 21

나를 울린 마라토너 23

2부

탄식 27

빙어 28

세족례 29

텃세 31

수목장 32

문전성시 34

시인 35

당귀밭에서 36

은유적 생 37

강정 38

조천(朝天)에서 40

3부

꿈결에 시를 베다 43

필사적 필사(筆寫) 44

팔삭둥이 수선에게 46

노안 48

욕타임 50

파일럿 52

통한다는 말 54

낌새 55

부적 56

태안사에서 57

4부

섬 61

몸국 62

바닷가 늙은 집 64

방명록 65

명진스님 왈 66

금강경을 읽다 67

벼락지 68

시캬 70

아버지의 헛기침 72

올레, 그 여자 74

사재기 전모 76

5부

고해성사　79

첫사랑　80

개화　81

뒷감당　83

명판결　85

시집 코너에서　87

늙은 누룩뱀의 눈물　89

귀머거리 연가　91

목숨　93

어떤 말　94

유산　95

내 시의 출처　97

산문 | 황당한 청탁　99

시인의 말　107

1부

진경珍景

북한산 백화사 굽잇길

오랜 노역으로 활처럼 휜 등
명아주 지팡이에 떠받치고
무쇠 걸음 중인 노파 뒤를
발목 잘린 유기견이
묵묵히 따르고 있습니다

가쁜 생의 고비
혼자 건너게 할 수 없다며
눈에 밟힌다며

절룩절룩
쩔뚝쩔뚝

붉은 담쟁이

불화와 우울 떨쳐내지 못해
허공에 몸 날려 해체된 19층 여자
네 살배기 아들 만나러
아파트 외벽 기어오르는 중이다

다 왔나 싶은데
이제 겨우 1.5층
손바닥 짚었다 뗀 자리마다
인주빛 선명하다

재작년 그 일 있은 직후
오밤중 짐 꾸려 떠난 걸
아는지 모르는지

우주의 신발

등산화 다섯 켤레째다

길 위의 시간을 대변해주는 물증인 셈이다

밑창 닳고 헐거워져버릴 때마다

한 짝씩 차례로 손바닥에 올려놓고

고양이 등 쓰다듬듯 어루만지곤 하는데

별 뜻 있어서라기보다는

길 떠도는 동안 몸 사린 적 없는 충복이자

어디든 군말 없이 따라나서준 도반이었으니

작별의 예를 갖춤이 도리일 것 같아서다

신문지에 싸서 버리고 새 신을 고르다 생각한다

내 몸도 어쩌면 우주의 얼음 발에 신겨진

한 켤레 신발일지 모른다고

주야로 끌고 다녀 뒤축 꺾이고 실밥 터졌으나

생을 마감 짓는 날까지 벗어던질 수도

새것으로 교체할 수도 없는

그의 입장에서 보자면 곤혹스럽기 그지없는

미음 끓는 저녁

까막눈으로 살아온 팔순 노모
복지관 한글반에 입학하던 날
숙제로 내준 자음 쓰고 또 씁니다
교본 베끼는 일도 괴발개발이지만
소리 내어 읽기는 가르쳐주고 돌아서기 무섭게
헷갈려 합니다 특히 ㅁ은 그 정도가 심해
우물쭈물하다 끝내 말문을 봉해버립니다
단번에 각인시킬 묘안을 짜내지 않으면
때려치울 것 같아 궁리 끝에

김감심

피란 통 보릿고개를 배곯지 않고 넘겼다더니
이제 보니 그거 다 엄마 이름 덕이네 뭐
미음이 한 그릇도 아니고
세 그릇씩이나 든 이름을 가졌으니
그럴 수밖에
이름 풀이 채 끝나기도 전
득의만면 앉은뱅이책상 끌어당기더니

열 칸 공책 한가득

ㅁ, 쓰고

미음, 쑤느라

잠도 잊은 채 골똘한

혼수

산업연수원생 자격으로 한국에 와
사랑에 빠진 타잉 훙과 남 프엉은
둘만의 부부서약을 마친 뒤
쪽방 얻어 신방 차리기로 합의했는데
본국에 송금하고 월세 내고 나니
빈털터리인 거라
최소한의 세간 장만할 여력조차
막막한 거라
곰곰궁리 끝에
공단 인근 모텔 빈 객실에 잠입해
집기 훔쳐 나오다 붙잡혀
경찰서로 넘겨졌는데
장물 목록을 기록하던 경장
쯧쯧…… 쯧쯧…… 혀만 차는 거라

신랑은 긴 생머리 신부를 위해
헤어드라이어와 업소용 샴푸 린스를
신부는 잠 많은 신랑을 위해
디지털 알람 벽시계를

반 뼘

모 라이브 카페 구석진 자리엔
닿기만 해도 심하게 뒤뚱거려
술 쏟는 일 다반사인 원탁이 놓여 있다
거기 누가 앉을까 싶지만
손님 없어 파리 날리는 날이나 월세 날
나이 든 단골들 귀신같이 찾아와
아이코 어이쿠 술병 엎질러가며
작정하고 매상 올려준다는데
꿈의 반 뼘을 상실한 이들이
발목 반 뼘 잘려 나간 짝다리 탁자에 앉아
서로를 부축해 온 뼘을 이루는
기막힌 광경을 지켜보다가 문득
반 뼘쯤 모자란 시를 써야겠다 생각한다
생의 의지를 반 뼘쯤 놓아버린 누군가
행간으로 걸어 들어와 온 뼘이 되는

그런

똔레삽 호수

캄보디아 젖줄 똔레삽 호수엔
고무 대야 쪽배 삼아
탁류를 종횡무진하는 아이들이 삽니다
서행 중인 관광 보트 꽁무니 뒤따르며
바나나 완딸라 팔찌 완딸라
애걸하기도 하고 씨알 안 먹힌다 싶으면
부러 기우뚱 물에 빠져 허우적거리다가
되올라 타는 곡예도 서슴지 않습니다
예쁜 언니 제발 완딸라 응?
절박합니다 막무가냅니다
물건은 사주되 적선은 삼가라는 말
배곯아본 적 없어서 하는 말입니다

수상 가옥으로 귀가하는
소년 선장의 눈시울
수평선 저녁놀보다 붉은 걸 보니
아무래도 오늘은 공쳤나 봅니다

코스모스 횟집

자연산 횟집 물고기의 주둥이는 죄다 기형이다
희고 뭉툭하다
난바다에 두고 온 것들 잊지 못해
강화 유리를 향해 전력 질주한 탓이다
사나흘 미친 듯 치받고 날뛴 후에야
언제 그랬느냐는 듯 온순해진다는

그리움이라는 수조에 갇혀 돌진하던 시절 있었다
오래전 일이라 여겼으나 여전히 우둘투둘하다
통점투성이다 이것들 모 하나 없이 무뎌지려면
깊고 푸른 심해를 몇 겹이나 거슬러야 하는 걸까
까무러쳐야 하는 걸까

저기 오체투지로 해안에 이른 몽돌과
바람의 집
사슴벌레의 길
황조롱이 둥지
말끔히 비워내고 불구(佛具)가 된
개살구나무 목탁의 목피를 보라

숨구멍 하나 없다 무난하다

자식 버리고 팔자를 세 번이나 고쳤다는
횟집 여자 관상이 예사롭지 않다

도마 위 광어 미동도 없다

홀딱새

숲해설가와 함께 방태산 미산계곡에 들었다
낱낱의 사연과 생애가 사람살이와 다를 바 없어
신기하기도 뭉클하기도 하다 하지만 발을 떼는 족족
소소한 것들까지 시시콜콜 설명하려 드는 통에
골짜기 깊어질수록 감동이 반감되고 만다 게다가
비조불통 기막힌 풍광 앞에서는 소음에 진배없다
서로 불편한 기색 감추기에 급급할 즈음
새 한 마리 물푸레나무 허공을 뒤흔들어댄다
검은등뻐꾸기라며 강의를 재개하려 하자
누군가 퉁명스레 막아서며

딴 건 몰러두 갸는 지가 좀 알어유 홀딱새여유
소싯적부텀 그렇게 불렀슈 찬찬히 함 들어봐유
홀딱벗꼬 홀딱벗꼬…… 워떠유 내 말이 맞쥬?

다소 남세스럽지만 영락없다
육담이려니 흘려들었는데 아니다
기막힌 화두다

생의 겹겹 누더기 훌훌 벗어던지고

가뿐해지라는

채송화

처마 밑 꽃묘 연일 수난이다
들고 나는 발길 피하지 못해
어깨뼈며 정강이며 골절 다반사고
혼절해 널브러진 적 부지기수다
아랫동아리에 손댈 때마다
가늘게 타전해오던 맥이라니
안간힘이라니

명줄 움켜쥔 것만도 기특한데
달궈질 대로 달궈진 땅바닥에
바짝 엎드려 살아남아 마침내
폭염주의보 속 절정이 되었다
거짓 사랑과 기만과 무례로 인해
오래 황폐했던 나와는 딴판이다

얼마를 더 살아야
상처로부터 담담해질까
이토록 무연할 수 있을까
얼마나 더 깊이 울어야

저토록 뜨거운 문장이 될까

나를 울린 마라토너

다시 태어나도 아빠와 결혼하겠느냐는
아이의 질문에 한참을 묵묵…… 하다가
다른 건 몰라도 너랑은 만나고 싶어
에둘러 답했더니
자긴 안 된다며 난감해 한다 이유인즉
이십여 년 출전한 마라톤 대회에서
있는 힘을 다 써버렸기 때문이란다
말귀를 알아듣지 못하자
우승 부상이 엄마인 이유로
필사적 질주 끝에 월계관은 썼지만
그 후유증으로 아직까지 숨이 차고
무릎도 써금써금하다며
이런 몸으로 재출전은 무리라 너스레다
만일 선두자릴 내주기라도 한다면
그땐 엄마와는 남남일 거 아니냐
장난삼아 낄낄거리다 돌연 정색하더니
그럴 바엔 차라리
지구별에 다시 오지 않는 편이 낫다며
끝내 눈물바람이다

예상치 못한 뜨거운 고백에 울컥해져

이 풍진 세상에
여자의 몸으로 와
여자를 낳은 일이야말로
내 생애 가장 잘한 일이라고

다만 속으로 속으로만 되뇌는

2부

탄식

사경을 헤맨 지 보름 만에
중환자실에서 회복실로 옮기던 날
효도한답시고 특실로 모셨다

―아따 좋다이 근디 겁나게 비쌀 턴디
―돈 생각 말고 푹 쉬어
―후딱 짐 싸라 일반실로 내려가게
―근천 그만 좀 떨어 누가 엄마한테 돈 내래? 뜬눈으
로 간병한 사람은 안중에도 없지? 늙으면 남들은 안중에
도 없고 자기만 안다더니 틀린 말 아니네

설득하고 대꾸하고 통사정하다가
풀죽은 넋두리에 벼락 맞은 듯 기겁해
황급히 입원 도구를 꾸렸다

―아가 독방은 고독해서 못써야 통로 끝집 해남떡이
베란다서 떨어진 것도 다 그 때문 아니것냐

빙어

살얼음 낀 불갑사 계곡에서
제자리를 홀로 유유히 맴도는
물고기를 만났다
연약하고 투명한 체구임에도
진저리 치는 법 없이
도토리 단풍잎 가라앉혀놓고
침묵 속 고행 중이다

사는 일이
알몸뚱이로 얼음장을 뒹구는 것과
다르지 않다며 겹겹 중무장하고도
뼛속까지 파고드는 삶의 오한에
괴로워한 지난날이 무안해져
자릴 뜨지 못하는 나를 응시하다
홀연히 자취 감추는

은수자 같은

세족례

쉰 줄에 뇌혈관질환으로 나가떨어진
할아버지와 큰아버지와 아버지
사촌형과 큰형과 작은형을 둔 남자
지천명 목전이다
기를 쓰고 관리해도 피해갈지 말진데
잔결함 속출에도 아랑곳없이
줄담배와 건강보조제를 끼고 산다
방관할 수만은 없어
생업전선에 뛰어든 여자 밤마다
발바닥뼈라는 뼈들 욱신거려 끙끙 앓는데
위로는커녕 당장 때려치우라며
볼멘소리로 일관한 지 이태

불알친구 조문 갔다
엉망으로 취해 돌아온 저녁
스테인리스 대야에 물 데워
두 발 끌어다 담그더니만
묵묵히 마사지다

때로 도망쳐 바람처럼 떠돌고 싶었으나
때마다 제풀에 발목 붙잡혀 주저앉은
여자의 퉁퉁 부은 발을
남자의 힘줄 붉거진 손이 감싸 쥔

수난 주간
성목요일

텃세

엄동에도 꽃이 피고 지는
기후만 믿고 공사를 시작했다가
다섯 달이나 걸렸다 게다가
백수를 넘긴 가옥의 형태를
가능한 보존하려다 보니
손대는 일마다 더뎠다 낭패다
허나 재촉하지 않았다
섬에 들었으니
섬의 속도를 좇는 게 순리 아니겠는가
드디어 세간 들이던 날
고친다고 헌 집이 새집 되냐
입 모으던 이웃들
요망지다* 잘도 요망지다 한다
조천 사람 앉은자리에 검질도 안 난다기에
내심 각오하고 있었는데 웬걸
폐가 내치지 않고 깃든 일 높이 사
푸성귀 등속 문고리에 걸어놓곤
행여 들킬세라 어기적어기적 내빼는
속 깊고 귀 먼 유지 할망

* 야무지다의 제주도 말.

수목장

성장한 네온테트라와
갑주 차림의 블랙킹크랩이 한곳에 산다
아찔하다 집게발에 낚아채이기라도 할라치면
단번에 황천행이거나 최소 중상이겠다
가엾다 주절대는 볼멘소리를 들었던지
관상어 담당 직원이 뾰로통하게 내뱉는다
진종일 빨빨거리며 싸돌아다니는 놈과
끼니때나 꿈틀대는 놈의 동거니 맞춤이죠 뭐
말본새로 미루어 집을 따로 분양해줄 만큼
희귀종이 아니니 신경 *끄*라는 투다

따개비 수조 근처에 숨어 지내거나
무리지어 다니는 게 두려움 때문이라는 걸
일러주려다 관두고 돌아와 가위눌린 이튿날
열대어 코너를 다시 찾았다
뜰채에 주검 한 구 인양되고 있다
붉고 푸르다 반짝! 눈부시기까지 하다

화장 짙고 장신구 요란하던 시절 있었다

위태롭고 절박할수록 치장이 심했다
주저앉고 싶어질 때마다
어금니 악물고 전력 질주했다

그새 뻣뻣하게 굳어버린 물고기의 최후를
늙은 산수유나무 아래 파묻고 돌아선다
올봄, 꽃몸살 극심하시겠다

문전성시

해안가 마을 길에 찻집을 차린 지 달포
발길 뜸하리란 예상 뒤엎고 성업이다
좀먹어 심하게 얽은 가시나무 탁자 몇
좀처럼 빌 틈 없다 만석이다

기별 없는 당신을 대신해
떼로 몰려와
종일 죽치다 가는

눈먼 보리숭어
귀 밝은 방게
남방노랑나비

시인

인도 북부 아그라에 갔다가
성 밖 빈민가에 들른 적 있다
세간 들여다보이는 움막에선
신두르 붉게 칠한 젊은 아낙
젖통 드러내놓은 채 수유 중이고
보리수나무 그늘에선 초로의 사내가
몇 줄 힌디어를 끼적이고 있다
흙 위의 집필이 끝나기를 기다렸다가
사진 촬영 여부를 물었다
유명한 시인이라며 컷 당 1불이란다
바람만 불어도 사라질 초고를 담아
횡재한 듯 릭샤에 오르는데
뒤통수에 꽂히는 가이드의 조소

여긴 우마와 다를 바 없는
불가촉천민 주거지예요
시인이면 뭐해요 그래 봤자 고작 1달런데

당귀밭에서

세 살배기 당귀의 꽃을 딴다
두어 해 더 자라야
효험 있는 약재가 된다는 말에
촘촘 박힌 꽃 속 푸른 씨앗을 제거한다
이런 꿍꿍이를 알아채기라도 한 듯
사방에 꽃 퍼 올리느라 기진맥진인 당귀

손 없이도 환갑 넘도록 의연하셨다던 아버지
소다로 다스려지지 않는 체증 누그러뜨리려
읍내 의원에 갔다가 위암 판정받은 직후
논 몇 마지기 내걸고 씨받이 수소문했다는데
그때 심정이 저러했을까

당귀의 꽃씨를 날로 먹는다
세 살 적 여읜 아버지를 모신다

사무치게 달달한

은유적 생

광교산 자락 무허가 식당에서 일하는 산숙 씨 손수 재배한 시금치 앉은걸음으로 반나절 넘게 캐 손수레에 싣고 가게로 돌아가던 중 왕벚꽃 터널 혼자 보기 아깝다며 육성중계해줍니다 고단할 테니 어서 가 쉬라는 말 일축한 채 일당받고 출장 나와 꽃구경하는 처지에 이깟 일 힘들어하면 염치없는 거 아니냐며 여기야말로 신의 직장이라 너스렙니다 노조간부하다 미운털 박혀 잘리고 퇴직금 털어 손대는 일마다 거덜 나 남은 거라곤 바슬바슬한 몸뚱이뿐이지만 죽는소리 일절 없습니다 모르긴 몰라도 생과 맞짱 뜨는 참일 테지요 뒤차의 신경질적인 경적 더는 모르쇠 못하겠던지 전화 끊으려다 말고 불쑥 화장실 문짝에 시 붙여놨다며 저작료는 알아서 수령해가라 통고합니다 숯불제육구이에 동동주 거둬 먹이려는 핑계일 터 하루쯤 책상머리 벗어나 콧바람 쐬라는 출장 명령일 터

37

강정

평화의 섬 제주 해군기지 건설안을 두고
서귀포 작은 마을의 주민 간 반목이
극에 달했다는 뉴스를 보다가
평화에 대해 생각합니다 평온 화목 이따위
장님 문고리 잡는 식의 어물쩍한 뜻 말고
전쟁 분쟁 또는 일체의 갈등 없는 상태 등등의
국어사전식 관념적 풀이도 말고
가슴을 후려치는 그 무엇을 생각합니다

공평할 平 화할 和
떼고 자시고 할 것 없는 平은 내버려두고
양손을 和 가운데 푹 찔러 넣고
틈을 벌려보니
벼 禾 입 口

잘 영근 나락 가마니 공평하게 나눠
집으로 향하는 지아비의 당당한 걸음입니다
고봉밥 차려내는 어미의 분주한 손길입니다
아이가 푸지게 눈 황금빛 똥이며

그 똥 거름 삼아 이듬해 피어나는 갯메꽃입니다
꽃나팔 다칠세라 살그미 내딛는 해녀의 까치발이며
헤갈라진 발꿈치 뒤따르는 갯강구입니다

인간의 언어로 못 박아 선언한 순간
분쟁의 도화선이 된

조천朝天에서

섬에 들었다
설다 설지 않은 게 없다
백수를 넘긴 바닷가 늙은 집과
양보하고 타협하며 허물을 트는 일도
혼자 먹는 밥도
오지 않는 전화를 기다리는 일도
서글프고 막막하기 짝이 없다
이렇듯 허둥대다 보면 다시 밤
설은 것들 언제쯤이면 익숙해질까 싶다가
서툴기만 했던 관계를 떠올린다
모든 게 처음이던
하여 생의 전부가 요동쳤던
작살날 것만 같았던

도망쳐온 섬의 밤은 길다 아직
설고도 설다 얼마를 더 뒤척여야
아침 하늘이 열릴까

3부

꿈결에 시를 베다

오랜 서울 생활을 접고
안성 생가로 거처를 옮긴 경산 선생이
단체 서한으로 환향의 연유를 알려왔는데
이를 친필 서한이나 되듯 간수하고 있다
꽃 좋은 산수유 한 그루 겨우 뽑아 싣고
늙은 아내와 고향에 염치없이 돌아왔노란
두 줄 소회 때문이다 선생으로서야
예사로 건넨 근황이겠으나 시로써도 손색없다
고희를 목전에 두면 일거수일투족이
자동으로 시와 직결되는 것이려나 싶어
부럽기도 했던 것인데 집들이 날
회화나무 목침에 적힌 글귀를 훔쳐보고 난 후
나의 경박함이 심히 부끄러워
귀가하자마자
붓펜으로나마 옥양목 베개에 적어보는

시침(詩枕), 꿈결에 시를 베다

필사적 필사^{筆寫}

필사라곤 해본 적 없는 나로선
사순 시기에 성서를 옮겨 썼다는 교우나
좋은 시 베껴 쓰기를 반복한다는
문청을 대할 때마다 신망과 열의보다는
행위의 단순성에 반감이 들곤 했습니다 그런 내가
이즈음 생애 첫 필사에 필사적입니다 다름 아닌
살면서 가장 보람 있을 때가 언제냐는
누군가의 물음에 대한 당신의 답변

직접 키운 고추를 말려
마지막으로 고추의 꼭지를 딸 때[*]

거창하고 심오한 화두를 기대했다가
그게 전부란 걸 알았을 때의 황망함이라니요
밭이랑이 곧 글 이랑임을
헤아리지 못한 우매함이라니요

가을입니다
내일은 사제관 텃밭에 심어놓고 방치해둔

고구마 몇 주 돌보러 다녀와야겠습니다

당신 안부도 전할 겸

* 박경리 선생의 말.

팔삭둥이 수선에게

가을 가뭄을 뚫고 수선의 새순이 오셨다
서리도 내리기 전인데 심히 이르다
무허가 건물을 철거하면서
만개 직전 참수당한 수선이
해가 바뀌기도 전 서둘러 찾아오신 게다
꽃에 이르기까진 아득하고도 멀다는 걸
아는지 모르는지
막무가내 키를 키우는 일에만 열중인
수선에게 다가가
오래전 얘기 들려주며 안심시킨다
양잿물과 개꽈리즙으론 요지부동인
뱃속 애물단지를 떼버리려
언덕에 올라 구르기도
살얼음 강물에 뛰어들기도 한 모태로부터
참다못해 탈출을 감행한 아이가 있었다고
설령 살아남는다손 쳐도
사람 구실 하긴 글렀다 수군대던
철들고도 한참을
이름 대신 팔삭둥이라 호명되던

네 앞에 쭈그려 앉은

노안

마흔도 되기 전
지근거리의 상이 아른거리고
활자 겹침 증상이 나타났다
글을 깨친 이후 무참히 혹사당한 눈이
일찌감치 반기를 든 게다
바늘귀를 비켜간 실은 번번이 허공을 꿰었고
손톱 반달만 한 쇠별꽃의 꽃잎 수를
헤아리는 일도 여의찮아졌으며
절절 끓던 사랑마저도 아득해져
외롭고
때로 슬펐다
돋보기 하나면 간단할 일인데
볼록 유리알 너머의 생경스러움을 핑계로
오 촉 전구 불빛마냥
침침한 맨눈 고집하며 지내던 어느 날
남은 생 보이는 것만 보고 살라 이르는
가까울수록 반 발짝쯤 물러서라 이르는
오래된 눈과 마주쳤다

미욱함 일깨우려

서둘러 찾아오신 현자(賢者)

욕타임

오천 평 농장일도 척척
중증 치매 시아버지 병 수발도 척척
종갓집 외며느리 역할도 척척인 여자가 있다
곱상한 외모와 왜소한 체구만 보면
손끝에 물 한 방울 묻히지 않고 살 것 같은데
일일 노동량이 상머슴 저리 가라다
그 정도면 신세 한탄으로 땅이 꺼질 법도 한데
볼 때마다 환하다 생색내는 법 없다
슬쩍 비결을 물었다

궁금하나? 하모 내만의 비법이 있재 내도 인간인데 와
안 힘들겠노 참다참다 꼭지 돌믄 똥차로 냅다 뛰는 기라
거기서 싸잡아 딥다 욕을 퍼붓는 기지 나가 느그 집 종년
이가 뭐가 떠받들어도 살지 말찐데 주둥이만 열믄 뭔노
무 불만이 그리 많노? 그리 잘하믄 늬 누이들이랑 순번
제로 돌아가면서 모시지 와 내한테 미루는데? 욕만 하는
줄 아나? 쏙이 후련해질 때까지 고함치고 삿대질도 한다
카이 그라고 나믄 뭍으로 유람 댕겨 와 해가 중천인 줄
도 모리고 디비 자빠져 잠든 띠동갑 황소고집 서방도 불

쌍코 공주 행세하는 시엄씨도 불쌍코 정신 오락가락하는
와중에도 문서란 문서 거머쥐고 호령하는 시아배도 불쌍
코…… 뭣보다도 쉰 넘은 나이에 채신머리읎게 욕이나
씨부리쌌는 내 드러븐 팔자도 불쌍코

　감귤밭 터줏대감 늙은 개도 꼬리 내리고 납작 엎드려
잠자코 들어준다는

파일럿

과녁을 조준하는 사격수가

방아쇠를 당기기 직전

일순 호흡을 멈추는 것처럼

착륙을 시도하는 조종사도

10초가량 호흡이 멎는다지

고도의 집중을 꾀함에 있어선

짐짓 유사해 보이지만 둘 사이엔

의식과 무의식이라는

엄청난 간극이 있다지

공중에 들려 있던 바퀴를

활주로에 안착시키고 나서야

비로소 돌아오는

숨!

몇만 피트 상공을

수천 킬로미터 속도로

날갯짓하는 일이란

자신을 온전히 내걸지 않으면 허락되지 않는

엄준한 의식일 터
생의 이 너머와 저 너머를 넘나드는
초인적 여정일 터

지상의 노정 중
이토록이나 외롭고 높고 쓸쓸한
그야말로 담대하고 장엄하고 매혹적인

통한다는 말

통한다는 말, 이 말처럼
사람을 단박에 기분 좋게 만드는 말도 드물지
두고두고 가슴 설레게 하는 말 또한 드물지

그 속엔
어디로든 막힘없이 들고 나는 자유로운 영혼과
흐르는 눈물 닦아주는 위로의 손길이 담겨 있지

혈관을 타고 흐르는 붉은 피도 통한다 하고
물과 바람과 공기의 순환도 통한다 하지 않던가

거기 깃든 순정한 마음으로
살아가야지 사랑해야지

통한다는 말, 이 말처럼
늑골이 통째로 무지근해지는 연민의 말도 드물지
갑갑한 숨통 툭 터 모두를 살려내는 말 또한 드물지

낌새

산새 죽은 자리 깃털 분분하다
먹고 싸는 일을 직방으로 해치우며 살아온
날 것의 최후답게 말끔하다
뼛속까지 텅 비었으니
해체도 간단했으리라
새로서야 몸의 하중이 가벼울수록
자유로운 비행이 수월해서라지만
새도 아닌 노모
사소한 동작에도 분질러지고 바스러져
툭하면 깁스 신세다 얼마 전엔
잇몸뼈까지 도려냈다 그뿐인가
지리는 일 잦아져 바깥출입도 삼간다

기필코 날고야 말겠다는 듯
하루하루 새를 닮아가는

부적

입천장을 뚫고 이가 돋았다
흡사 종유석 같다
설상가상 매복치도 여럿이라
방치하면 낭종으로 번질 수도
인접치의 손상도 우려된다는 말에
즉석에서 발치를 실행했던 것인데
생소한 이름 탓이었을까
감정의 과잉으로 상대를 곤경에 빠뜨린 일
위기를 자초한 일 꼬리에 꼬리를 문다
돌아보니 사랑도 그러했다 때로
이별의 단초가 될 만큼 격렬하기도 했다
과잉치 제거는 의외로 간단한데
과부하에 걸린 관계를 들어내는 일
여의찮다 난공불락이다
유출금지라는 이 어렵사리 얻어
몸에 지녔다 수위 조절에 실패해
허청거릴 때마다 액막이가 되어줄
자그마치 일곱 개나 되는

태안사에서

팔만사천 번뇌 망상이 수굿해지기를 염하며
태안사 부처님 전에 오체투지 해보지만
분심 여전합니다 하긴 그깟 따위로
해탈 운운한 자체가 탐심이겠지요
체념하고 담장 밖 해우소에 들었는데
쭈그려 앉아 내려다본 구덩이 아득 아찔해
무쇠 고리 단단히 거머쥡니다만
후들거리는 다리를 어쩌지는 못합니다
사정을 알 바 없는 옆 칸 보살님들
여기 빠지면 올라오는 데만
최소 이박삼일이라며 깔깔댑니다
헌데 참 기이하지요
웃음 일갈에 속세의 번민뿐 아니라
통절한 사랑마저 소멸됐으니 말입니다

햐, 참선도량이 따로 없습니다

4부

섬

네 곁에 오래 머물고 싶어

안경을 두고 왔다

나직한 목소리로

늙은 시인의 사랑 얘기 들려주고 싶어

쥐 오줌 얼룩진 절판 시집을 두고 왔다

새로 산 우산도

밤색 스웨터도 두고 왔다

떠나야 한다는 걸 알면서도

그 날을 몰라

거기

나를 두고 왔다

몸국

몸이라고 들어보셨는지요

암녹색 해조류인 몸 말예요

남쪽 어느 섬에서는 그것으로 국을 끓이는데요

모자반이라는 멀쩡한 명칭을 놔두고

왜 몸이라 하는지

사람 먹는 음식에 하필이면 몸을 갖다 붙였는지

먹어보면 절로 알아진다는데요

단, 뒤엉켜 배지근해진 몸의 몸

설설 끓는 몸들이

당신을 빤히 올려다보거든

십중팔구 속내 도둑맞을 테고

늑골 마구 결릴 테니

시선 얼른 피하셔야 한다는데요

몸이 몸을 먹는 일

한 외로움이 한 외로움을 먹어치우는 일

그거 말처럼 쉬운 일은 아니잖아요

울컥하기도 경건하기도 한 의식이잖아요

것 봐요 내 뭐랬어요 주의하랬잖아요

생각이 여기까지 이른 걸 보니

그새 몸에 제압당한 게 분명해요
몸이 화두가 된 게 확실해요
사랑을 폐한 게 틀림없어요

식어 뻣뻣해진 몸을 물끄러미 내려다보는 당신
쯧쯧 울고 있군요 그러고 보니 당신
몸국을 시키기 이전부터 그것의 유래를
몸소 알고 있었던 게로군요

바닷가 늙은 집

제주 해안가를 걷다가
버려진 집을 발견했습니다
거역할 수 없는 그 어떤 이끌림으로
빨려들 듯 들어섰던 것인데요 둘러보니
폐가처럼 보이던 외관과는 달리
뼈대란 뼈대와 살점이란 살점이 합심해
무너뜨리고 주저앉히려는 세력에 맞서
대항한 이력 곳곳에 역력합니다
얼마 남지 않은 나의 생도 저렇듯
담담하고 의연히 쇠락하길 바라며
덜컥 입도(入島)를 결심하고 말았던 것인데요
이런 속내를 알아챈
조천 앞바다 수십 수만 평이
우르르우르르 덤으로 딸려왔습니다

어떤 부호도 부럽지 않은
세금 한 푼 물지 않는

방명록

미당시문학관을 나와 질마재를 넘는 참인데
공과에 대한 논쟁으로 버스 안이 분분합니다

친일 행적까지는 그렇다 쳐
참회하고 자중했어야지
전두환 생일 축시는 왜 써
말당(末堂)이란 말이 괜히 나왔겠냐고
큰 시업을 이루지나 말든지 에잇 참

몇 줄 소회를 남기고 간 그도 그러했을 테지요
필시 우리처럼 착잡했을 테지요

지나는 길인데 안 올 수는 없고
오긴 왔는데 좋아할 수만은 없고

명진스님 왈

요즘 절마다

합격기원 백일법회로 분주합니다

입시생 자녀를 둔 보살님들이

백배를 올리고 시주도 하는데요

그 지극함이 숙연하면서도

한편으론 딱하기도 합니다

한번 생각해봅시다

기도한 사람 자식만 합격시켜준다면

이거야말로 부정입학이며

특혜 아니겠습니까

이런 말도 안 되는 소원을 들어달라니

부처님도 참 폭폭할 노릇일 겝니다

금강경을 읽다

앙다문 입에 단검을 물고
끝동아리에 삼척장검을 세우자
객석은 순식간에 잠잠하다
은쟁반과 붉은 과실주가 담긴 유리잔
환호와 탄성과 긴장까지
낱낱의 꽃잎 포개듯 착착 얹어
층층 탑을 쌓는다 그야말로 무아경이다
천지 사방 막힘이 없다 광활하다 거기
상팔담 금강모치 유영하고
삼일포 만리화 핀다 어디 그뿐이랴
지리산팔랑나비 너울대고
금잔옥대 샛바람 속에 의연하다

평양모란봉교예단 인민배우가
일필휘지로 허공에 써내려간 금강경
오자(誤字) 하나 없다
달필이다

벼락지*

마실 다녀온 노모 손에
상추 한 봉지 들려 있습니다
좌판 앞을 그냥 지나치지 못해
사들이기 시작한 지 아흐레쩹니다
처음 며칠은 밥도둑 저리 가라던 것이
며칠 지나지 않아 풋내도 나고 물려
본척만척했더니만
부엌일에서 손 뗀 지 오래인 당신
손수 버무리기 시작합니다
그 동작이 어찌나 날랜지
잎에 간 밸 틈 없고 금방이라도
밭으로 기어갈 듯 싱싱합니다

곧 고동 오를 테니 며칠만 더 먹어주자
설마 쇠어빠진 거 갖고 나오겠냐
차려주는 밥상도 귀찮을 나이에
오죽하면 뙤약볕에 나와 종일 저러고 있겠냐
잊었는지 모르겠다만
나도 너 그렇게 키웠다

68

천둥 번개 치듯 벼락 때리듯

삽시간에 무쳐 내놓은

준엄한 말씀 한 접시

* 겉절이의 전라도 방언.

시캬

마석가구공단 뒤켠 쪽방촌 어귀엔 무슨 무슨
마트라는 한글 상호 하단에
siekya라 써넣은 상점이 있다
전자사전은 물론이거니와 네이버 지식인에도
올라 있지 않은 국적불명의 이 영단어에는
이주노동자들의 신산한 삶이 배어 있다는데
말하긴 뭣하지만 이 새끼 저 새끼
망할 놈의 새끼…… 할 때의 영문표기란다
가게 주인의 상투적인 말투를 Hi쯤으로 알고
딴엔 멋진 한국식 인사라며 고용주에게
시캬 시캬 하다가 혼쭐났다는 일화는
한 편의 빼어난 블랙코미디다

샬롬의 집에 초대 받아 시를 낭송했다
손가락 세 개를 공장 마당에 묻고
방글라데시로 추방당한 씨플루에게
폐암 말기로 고국에 돌아가
히말라야 끝자락에 묻힌 네팔인 람에게
열세 번의 구조요청을 묵살당한 채

혜화동 길거리에서 얼어 죽은
조선족 김원섭 씨에게 사죄하고자 섰다

시인으로서가 아닌
코리안 시캬로 섰다

아버지의 헛기침

병간호에서 임종까지
자식 된 도리에 남달랐던 둘째 시숙
묵묵히 유품 정리하던 도중
실밥 뜯어진 목욕 가방 물끄러미 내려다보다
말문을 텄다

사느라 전화조차 뜸한 장손에 대해서는 가타부타 말씀
삼가셨고 매달 생활비 송금하는 막내는 가는 데마다 자
랑이면서 시도 때도 없이 호출해 오라 가라 하는 내겐 고
맙단 빈말 한번 없으셨다 부모 자식 간이니 아무럼 어때
넘기다가도 솔직히 때론 야속하기도 했지 그런데 방금
깨달아 생각이 짧아 미처 몰랐음을 이미 넘치게 표현
하셨음을…… 명절날 목욕탕에 모시고 가면 성미도 급
하게 온탕에서 빠져나와 마른 수수깡 같은 등 디밀고선
품앗이로 등밀이하는 동네 노인들 향해 여봐란듯 연신
헛기침까지 해대면서 한껏 거드름 피우곤 하셨는데 그
기침이야말로 둘째가 최고라 치켜세워주신 거였다는 걸

이태리타월 손에 끼고

허공 내저으며 흐느끼는

삼 형제 중 아버지를 쏙 빼닮은

올레, 그 여자

숨을 데가 필요했던 게지
맺힌 설움 토로할 품이 필요했던 게지
절대가치라 여겼던 것들로부터
상처받고 더러는 깊이 배신당해
이룬 것 죄다 회색도시에 부려놓고
본향으로 도망쳐와
산목숨 차마 어쩌지 못하고
미친 듯 홀린 듯
오름이며 밭담 이정표 삼고
바닷바람 앞장세워 휘적휘적 쏘다니다
설움 꾸들꾸들해질 즈음
덜컥 길닦이 자청하고 나선 여자
처처 순례객들 길잡이가 된 여자
그러다 정작 자신만의 오시록한 성소 다 내주고
서귀포 시장통 명숙상회 골방으로 되돌아온 여자
설문대할망의 현신이니
여전사니 말들 하지만
알고 보면 폭설 속 키 작은 홑동백 같은 여자
너울 이는 망망바다 바위섬 같은

그 여자

사재기 전모

　한동네 사는 글쟁이 몇이 밥 먹기로 약속한 날 하필이
면 대형 서점의 일부 베스트셀러 순위가 대형 출판사의
사재기로 조작됐다는 기사가 대문짝만하게 실렸다 저마
다 분통 터져 하는데 우리 중 막내이면서 스테디셀러 시
집으로 자리매김한 택수만 별말 없다 한참 만에야 비장
하게 말문을 터 저…… 실은…… 제 시집도…… 사재기
와…… 무관하지 않아요 실토한다 화장품 방문판매원인
노모가 주범이란다 시집 출간 직후 어깨 탈골로 접골원
찾는 일이 빈번하기에 짚이는 데가 있어 가방을 뒤졌더
니만 화장품 반 시집이 반이더란다 먹지도 입지도 못할
종이때기를 누가 사나 싶은 노파심에 이문 한 푼 안 남는
책장사를 자청해 무려 일흔일곱 권이나 팔았단다 억장
무너지고 눈물도 나오지 않더라는

　호랑이 어금니 같은 시집을 다시 펼친다
　울컥, 가을이 깊다

5부

고해성사

몰운대에 다녀왔습니다
선 채로 벼랑 끝에 입적한
나무 성자를 만나고 왔습니다

사랑을 등진 죄
도리를 다하지 못한 죄
고해하고 왔습니다
이밖에 알아내지 못한 죄에 대하여도
통회하오니 사해달라는
간청 또한 잊지 않았습니다

죽은 나무와 나 사이에
비밀이 많습니다

첫사랑

첫사랑은 순금과도 같아서
숱한 세월에도 퇴색되는 법 없고
곤궁할수록 진가를 더한다

세상 어떤 마음이 이토록
소슬바람 한 자락에도
놀라 파르르 떠는
아기 새의 가슴 같을까
수천수만의 문장을 짓고도
끝끝내 열리지 않는 말문 같을까

긴 밤 뒤척임
응답 없는 화살기도

누구도 피해갈 수 없고
누구에게나 영구한

오직 한 사람을 향한
죄 없는 맹목

개화

폭탄요금에 놀라 통화내역을 조회했다
국제전화 기록 일숫돈 갚듯 착실하다
쇠눈 끔뻑이며 겁에 질려 하는 게 짠해
혼쭐도 못 내고 침소에 들긴 들었으나
잠이 올 리 만무 다만 꼼짝 않는데
곯아떨어진 줄로 착각한 아내
이불 빠져나가더니 감감하다
미심쩍어 찾아보니 종자보관소에 웅크려
숨죽여 흐느끼며 통화 중이다 애절하다
푸념 늘어놓을 데라곤 결혼대행사뿐
반나절쯤 지났을까
세 살배기 딸까지 둔 기혼녀란 연락이 왔다
자기네도 감쪽같이 속았다며
미모의 어린 처자로 바꿔줄 테니
문제 삼지 말아달란다

끝내주는 애프터서비스다 이죽대는
불알친구 향해 주먹 날리고 돌아와
그새 옴팍 정이 든 아내 부둥켜안고서

짐승처럼 울부짖는데
이를 지켜보던 마당가 애기동백도
끝내 눈물바람이다 밤새 얼마나 울었던지
눈 벌겋다

뒷감당

노트북이 먹통이다
하드디스크에 치명적 손상이 갔다
데이터 복구비만도 기십만 원
한술 더 떠 완전 복구는 장담 못 한단다
악성 바이러스를 자동으로 퇴치하는
실시간 감시 무료 백신을 깔아놓고도
클릭 한번 한 적 없으니 당해도 싸다
게다가 출간 준비 중인 원고는 복구 불가다
달아난 시의 편린이라도 채집해보려
안간힘을 써보지만 어림없다
가물가물하다가 끝내는
저희끼리 뒤엉켜 아수라장이다
초기화된 백치 컴퓨터를 찾아 나오는데
전광판에 4대강 홍보영상 한창이다
가히 무릉도원이다 그 어디에도
이물스런 가설물로 인해
신음할 뭇 생명에 대한 연민은 없다
생태계 교란에 대한 우려도 탄식도 없다
컴퓨터 기억보조장치만 훼손되어도

무력해지는 게 인간이거늘 하물며
신의 창조영역인 강줄기를 왜곡시켜놓고
그 뒷감당을 어쩌겠다는 겐지 이쯤에서
틀어쥔 강줄기의 멱살 풀어주기를
마구잡이로 끊어놓은 혈관 봉합하기를

더 늦기 전에
그나마 돌이킬 수 있을 때

명판결

　상습 절도 폭행으로 소년 법정에 선 열여섯 살 소녀가 훈방 조치 이후 얼마 되지 않아 절도죄로 동일 법정에 다시 서게 됐다 부장판사*는 자신의 말을 따라 하도록 일렀다

　나는 세상에서 가장 멋지게 생겼다

　나는 세상에서 가장 멋지게 생겼다

　나는 무엇이든지 할 수 있다

　나는 무엇이든…… 할 수 있다

　나는 두려울 게 없다

　나는… 두려울…… 게… 없다

　이 세상은 나 혼자가 아니다

　이 세상은………… 나…… 혼자가……… 아니다

　머뭇머뭇 쭈뼛거리며 마지못해 따라 하던 소녀는 끝내 울음 터뜨렸고 판사도 비공개 재판을 돕던 이들의 눈시울도 동시에 뜨거워졌다 잠시 후 또래 남학생들에게 집단폭행 당한 수치심이 분노로 분출돼 자포자기 심정으로 비행에 빠져든 정황을 꿰뚫고 있던 소년전문법관의 최종

판결이 내려졌다

　이 아이는 가해자로 재판장에 왔습니다
　하지만 이렇게 삶이 망가진 것을 알면 누가
　가해자라고 섣불리 단정 짓겠는지요
　아이의 잘못이 있다면 자존감을 잃어버린 겁니다
　그러니 스스로 자존감을 찾게 하는 처분을 내려야지요

　그리곤 법대 앞으로 소녀를 불러 작은 손 꼭 잡고 속삭
였다

　이 세상에서 가장 중요한 게 누굴까 바로 너야
　이 사실을 잊지 마
　그러면 어떤 난관도 극복할 수 있을 거야
　마음 같아선 꼭 안아주고 싶은데
　우리 사이를 법대가 가로막고 있으니 하는 수 없구나

　＊ 서울 가정법원 김귀옥 부장판사의 비공개 재판.

86

시집 코너에서

구석으로 내몰린 시집 코너를 두고
인문학의 위기니
시의 사망이니 통탄들 하지만
구색 맞춤용으로나마
웅크리고 기거할 쪽방 한 칸
무상으로 꿰차고 있으니
냉혹한 자본주의 시대에 이만하면
특혜 중에도 무량 특혜
예우 중에도 특별 예우 아닌가

단골 서점이 문을 닫았다
시는 모든 예술의 기초라며
베스트셀러 자리에 시집 진열을 고수하던
서점주의 무릎뼈가
대형유통업의 일격에 우두둑 꺾인 게다

신념을 린치당한 뒤
종적을 감춘 그에게
위로는커녕

쓴 소주 한잔 대접한 적 없는

시인의 자리 타령은 얼마나 사소한 것이냐

짱짱한 내 무릎은

또 얼마나 볼썽사나운 것이더냐

늙은 누룩뱀의 눈물

그거 알아? 전 세계 3천여 종의 뱀 가운데
누룩뱀을 포함한 0.3%만이 모성애를 가졌다는 거
산란 즉시 줄행랑인 대부분의 뱀과는 달리
친친 감고 빙빙 돌면서 따뜻하게 품어준다는 거
그러다가 체온이 떨어지면 잠시 외출해
나뭇가지에 납작 엎드려 햇볕을 쬐기도 하지만
몸이 덥혀지면 먹이 사냥도 마다한 채
새끼들 곁으로 서둘러 돌아온다는 거
저 없는 사이 적의 표적이 될지 몰라 그런다는 거
부화된 새끼가 스르르 길 떠날 때까지 보호한다는 거
그러다 쇠잔해져 맹금류에게 잡아먹히기도 한다는 거

오래전 인삼장수에게 핏덩이 떠맡긴 여자
밥은 굶어도 사람 찾기 방송은 챙겨보는 여자
죽기 전 아들에게 용서를 구하고 싶다는 여자
왜 버렸어 울부짖는 자식과
미안하다 잘못했다 어쩔 수 없었다
고갤 못 드는 출연진을 지켜보며
동병상련이 되고 마는 여자

엔딩 자막이 사라질 때까지
자릴 뜨지 못하는 여자 오늘도
차디찬 마룻바닥에 우그려 눈물바람이었을 여자
누룩뱀만도 못한 시절을 살다가
늘그막에야 누룩뱀으로 돌아온 여자

나를 낳은…… 곡절 많은

귀머거리 연가

혼수상태가 열흘을 넘어가자
산소 호흡기는 부착보다 제거가 못할 짓이니
애당초 숙고하라는 조언과
죽음이야말로 존중받아 마땅할 권리라는
고견이 조심스럽게 전해졌다
튜브를 통해 유동식을 코에 흘려 넣고
줄줄 새는 대소변을 수발하다가
엎질러진 등잔불에 화상 위중했던
유년으로 회귀한다

목숨 건사하기도 힘드니
그쯤 해두라는 수군거림 아랑곳 않고
귀머거리처럼 표정도 대꾸도 없이
벌겋게 익어 까무러진 여식 들쳐 업고
용하다는 의원 쫓아다니며
치성드리듯 백약 바르고 먹여
사람 꼴로 되살린 엄마

혼자서는 먹지도 뒤척이지도 못하는

전생의 딸을 위해

이제는 내 귀가 절벽강산이 될 차례

목숨

고사목 한 그루 공원입구에 서 있다
의아쩍음도 잠시
능소화의 연둣빛 조막손이
갈라터진 기둥 휘감고
기어오르는 모습과 일별한 이후
그 앞을 지날 때마다 유정해지곤 한다
아름드리 거목도 거꾸러뜨린 강풍에 맞서
벌써 여러 해째 끄떡없다
어쩌면 능소화의 성성한 뿌리 다발이
명줄 놓은 지 오래인 노간주나무 뿌리를
야무지게 물고 있기 때문일지도

폭격으로 주저앉은 건물 더미에서
죽은 어미의 젖 세차게 빨다 발견된
아프간 갓난아이처럼

어떤 말

이스라엘군이 팔레스타인의 제닌 난민캠프를 자살 테러범의 온상으로 규정짓고 2주간이나 맹공격을 가했다 그러고도 직성이 안 풀렸던지 이틀 뒤 그나마 성한 건물마저도 불도저로 밀어 초토화시켜버렸다 콘크리트 잔해와 엿가락처럼 휜 철근을 헤집고 시신 발굴 작업이 진행되자 신음과 통곡과 실신이 이어졌는데 이를 지켜보던 자원봉사자 치베스 모레의 입에서도 단말마 같은 비명과 오열이 동시에 터졌다 바로 그때 대노한 청년이 꺼져버리라며 호통치기 시작했다 미국인이라는 사실에 반감을 품은 게다 그러자 뭉툭한 손목에 붕대를 친친 감은 한 중년 남성이 어떤 말을 반복했는데 이로 인해 흥분과 소요가 이내 잠잠해졌다 본국에 돌아와서야 뒤늦게 알게 된 신의 가호보다 관대한

우리가 고통받은 것처럼
저 여자도 고통받고 있다

유산

부모 사후 재산 분배로 인한
자녀 간 분쟁 소식을 접할 때면
남의 일이지만 억장이 무너진다
부자들이야 알 바 아니지만
소액 자산가 또한 크게 다르지 않아
남만 못한 관계로 치닫기도 하는데

나 떠난 후 내 자식들도
저와 같지 말란 법 없어 묘안을 짰다
몇 푼 남겨주려 아등바등 사느니
차라리 부채를 남기자는

혼자 감당하기엔 살짝 부담스럽고
둘이 갚기엔 다소 적은 액수여서
큰아이가 3분의 2
작은아이는 3분의 1

맏이는 누이에게 조금 생색이 나고
둘째는 오라비 마음 씀에 두고두고 고마워할

딱 그만큼의

내 시의 출처

시가 절로 써지겠단 말 자주 듣는다
눈먼 보리숭어의 슬픈 도약과
사방에서 출몰하는 콩알만 한 방게
괭이갈매기의 저공비행이 목전에서 펼쳐지는
누옥을 두고 이르는 말이다 허나 내겐
시시각각이 다채로운 조천 앞바다를
몇 줄로 요약할 재간이 없으니
유구무언일밖에 이미
어떤 은유나 수사도 끼어들 틈 없는
절창인지라 삼갈밖에 기실 내 시는
저잣거리를 전전하는 탁발승의 언 발이며
아직 바다에 이르지 못한 풍경 속 목어다
신께 바치는 송가와는 거리가 먼
인간사 연민의 서술이며
거대 담론이나 혁명이나 초탈이 아닌
소심함과 머뭇거림과 뒷걸음질
미주알고주알과 하찮음과 오지랖

바다 중에서도

맨

밑바닥

황당한 청탁

몇 해 전 일이다.

모 공공기관의 잡지 외주사로부터 전화를 받았다. 편집 담당 아무개라 자신을 소개하곤 산문 청탁 건으로 연락했단다. 마침 산문집 준비 중이었고, 써야 할 글감이 몇 있어 흔쾌히 수락하곤 착실하게도 마감 날짜를 지켜 넘겼다.

언제 끝날지 모를 팬데믹 상황에서의 거리 두기, 인원 제한, 방역 등 여러 규제와 제약으로 인해 경영난에 허덕이는 책방카페 운영자로서의 경험담을 담담하게 풀어냈던 것인데 담당자로부터 게재 불가 통보를 받았다. 두려움에 처한 자영업자와 소시민들로부터 공감을 받을 만한 내용인지라 어리둥절했더니, 자신도 당혹스럽다며 사과하고선 기획위원들의 반대라서 어쩔 수 없단다.

이유를 묻자 제목 때문이라며, 재난지원금은 정부에서 지급했는데 어째서 돌아가신 시부가 지급한 것으로 표현

했느냐는.

　혹여 불온한 내용은 아닌가 상상할 수도 있어 간추려 말하자면, 책방카페 오픈 10년이 지나도록 번듯한 영업용 커피 기계도 없이 꾸려오던 중, 코비드19 장기화로 인해 한가해진 틈을 타 당근마켓에서 구입한 중고 기계를 설치하며 겪게 된 일이다. 하는 김에 서가 리모델링도 감행했던 건데 빠듯한 형편을 알고 있다는 듯 작고하신 후 팔리지 않아 오래 비워 둔 시부님의 시골집이 처분돼 자녀 넷이서 공평하게 나눴다는 사연을 유산이라는 상투적 표현 대신 재난지원금으로 비유했던 것. 실제로 그렇게 여겨지기도 했고.

　생전에도 이과 성향이셨는데 여전하시구나 싶게 액수도 타이밍도 절묘하게 맞아떨어졌다. 나보다 처지가 더 어려운 이들에게 양도할까 하다가 유산이라기보다 어쩐지 시부님께서 보내주신 재난지원금 같아 감사히 받기로 했다.
　주위에 휴업과 폐업이 속출하고 있다. 그나마 문을 열고 있는 가게도 대부분 버티기 작전에 돌입한 듯한 분위기다. 나만 힘든 게 아니다 보니 '어렵다'는 푸념도 금기어다. 오죽하면 천국에서 보내준 재난지원금을 넙죽 받았겠나. (……) 각설하고, 팬데믹이 아니었음 앞만 보고 내

달렸을 내 인생에 크고 작은 변화가 생긴 건 분명하다. 주위에 나보다 더 어려운 이웃이 있는지 살피고, 미력하나마 챙기게 되었으니 말이다. 어쩌면 이런 내 모습이 저승에 계신 시부님의 마음까지 흔들었을지도.

　　　　　　　　　—졸저 『섬에서 부르는 노래』 중
　　　　　　　　　　「천국에서 지급된 재난지원금」 일부

　은유를 팩트로 읽고 내린 결정이 어처구니없었지만 자초지종을 설명하는 게 구차해 입을 다물었다. 괜찮다며 실소하는 내가 이해심 많아 보였던 걸까? 최종 편집까지 열흘쯤 여유가 있으니 다른 글을 써준다면 기다리겠단다. 지면의 앞부분에 실리는 꼭지라서 비울 수 없다며.

　담당자가 무슨 죄냐 싶어 수락했다.

　비록 전화 통화와 이메일로 나눈 대화였지만 내 글을 꼭 싣고 싶노란 그의 정중하고도 간곡한 부탁이 고맙기도 했고, 한편으론 어차피 책에 수록할 산문 한 꼭지가 더 생기는 거니 마다할 이유가 없었으며, 무엇보다 손님 뜸한 가게의 며칠 매출 총액보다 원고료가 후했다.

　이번엔 요양병원에 계신 노모 이야기를 썼다.

　섬과 육지로 떨어져 지내고 있어 기껏해야 한 달에 한 번밖에 상봉할 수 없는 처지이므로, 다소나마 적적함을 달래드리고자 젊으실 적 즐겨 부르시던 십팔 번을 사흘

101

에 한 번 꼴로 전화기에 대고 부르면서 피어난 모녀간의 애틋함과 울컥함과 그리움에 대한 사연이다. 팬데믹 동안 이와 같은 이별이 비단 우리 모녀만의 문제는 아니기에 저마다의 처지에서 어떤 방식으로든 성심껏 서로를 위무하며 헤쳐 나가자는 바람이었달까?

목포 태생이라 유독 즐겨 부르시던 「목포의 눈물」도, 「하숙생」도, 「가슴 아프게」와 「꿈속의 사랑」도 아예 처음 듣는 노래처럼 가만히 귀 기울여 듣기만 하다가 중간중간 열심히 추임새를 넣으셨다. "얼씨구, 잘헌다 잘혀, 눈물이 다 나올라고 허네. 그려그려 아조 잘헌다. 가수네 가수여." 십팔번 가사를 까먹다니 혹시 치매는 아닐까? 근심에 근심인데 다행히도 꼭 그렇지만은 않다는 게 얼마 지나지 않아 증명됐다. 어찌나 다행이던지. 「비 내리는 고모령」을 무심히 선창하자 구성지게 따라 부르신 게다.

"어머님의 손을 놓고 돌아설 때에~"
거짓말처럼 따라 부르기 시작했으므로 얼른 입을 다물었다.
"부어엉새에도 우울었다아오오(울먹)~~~ 나아도오 우울어어어었소(울먹울먹)~~"
감정이 북받치셨던지 더는 잇지 못하셔서 다시 내가 이어 불렀는데

"가랑잎이 휘날리는~"에 이르자 노래는 아랑곳하지 않고 독백처럼

"사랑해. 사랑해. 우리 딸을 많이 사랑해" 하시는 게 아 닌가.

결국 그날 완창은 불발.

　　　　　　—졸저 『섬에서 부르는 노래』 중 「고아의 노래」 일부

새벽 산책길 파도소리를 코러스 삼아 연습했다가 노모에게 들려주며 '가요무대' 시간이라 너스레를 떨면 추임새도 넣고, 박수도 치고, 다인실 노인들께 자랑도 하고, 사랑한단 고백도 하는, 그러다 웃기도 하고 그리움에 사무치기도 한다는 내용인데 이번에도 역시나 게재 불가 통보를 받았다. 내용이 너무 어두워서라고.

뭐지? 싶었지만 처음만큼 놀라진 않았다. 심지어 각계 문화예술인으로 구성됐다는 기획위원이 누군지 궁금하지도 않았다. 그들의 잣대에 들어맞지 않는다니 잣대로부터 벗어나면 되는 거니까. 하여, 기어드는 목소리로 사과하는 담당자에게 쿨하게 괜찮다 답했다. 덧붙여, 맞지 않는 글이라 심려를 끼쳤노라 오히려 사과하곤 인연이 아닌 듯하니 다른 필자를 찾으시라 통보하고선 전화를 끊는데 불현듯 고딕체로 뇌리에 떠오른 단어.

검열!

그것의 진위 여부를 확인할 순 없지만, 한동안 흡사한 기분에 휩싸여 지냈었다. 어쩌면 블랙리스트 소송에서 승소 판결에 준하는 화해권고결정으로 위자료까지 받았던 즈음이라 더 그랬을지도.

'검열'을 네이버 지식백과에 검색하면 공권력이 언론·출판·예술 등에 대해 검사하는 제도로서 일반적으로는 신문·잡지·서적·영화·연극 등 사회적인 커뮤니케이션의 표현 내용에 대한 검사를 뜻한다고 나온다. 다시 말해 발언이나 작품 등이 세상에 나왔을 때 파장이 클경우 가능한 일이다. 민주주의에서는 있을 수 없는 일인게다. 그러니 검열은 얼토당토않은 혼자만의 착각인 셈이다. 그의 말마따나 기획 의도와 맞지 않아서일 공산이크다. 하지만 처음 겪는 일이기도 하고, 특히 '재난지원금'에 대한 '정부' 운운은 무지하기 짝이 없고 이해 불가라서 혼자 별의별 생각을 다 해본 셈이다.

여하튼, 돌이켜 정리해보면 나처럼 평범한 삶을 사는무명 시인을 대관절 누가, 어디서, 대체 무엇 때문에 검열한단 말인가. 거들떠보기라도 한단 말인가. 그만한 시간 낭비, 인력 낭비, 감정 낭비가 또 어디 있단 말인가. 그러니 두 차례의 거절은 단순한 해프닝이라 결론 내린후 덮어버렸다.

그런데 맙소사!

두어 해가 지난 바로 얼마 전, 문제의 그 담당자가 다시 전화를 걸어 왔다.

일전엔 자신이 개입할 수 없어 유감이었다며, 다시는 그런 일이 발생하지 않도록 각별히 신경 쓸 테니 글 좀 부탁한단다. 예의 그 정중하고도 간곡한 어투로 말이다. 순간 짜증이 났지만 체면상 최대한 진정하며 거절했다.

"청탁이 밀려 있어서 받을 수 없어요."(밀리긴 무슨!)

두 번 당했으면 됐지 세 번 당할까 싶기도 하고, 소심하게라도 골탕 좀 먹이자 싶어, 산문집이 출간됐는데 그때 거부당한 글이 독자로부터 가장 많은 리뷰를 받고 있노라 전했다. 유치하지만 사실이기도 하고. 그런 다음, 아무래도 그 지면과는 인연이 없는 것 같으니 다른 작가를 섭외하시라 했다. 어찌나 후련하던지. 그런데 전화를 끊자마자 혹시 그가 X맨일 수도 있겠다는 의심이 밀려들었다. 두 번까진 그렇다 쳐도 세 번씩이나 한결같은 어투로 청탁을 하기란 일반적인 상식으론 쉽지 않은 법이니까. 만일 나의 이런 추측이 맞는다면 기획위원들만 비문학적인 인간들이라고 오인을 받은 꼴일 터.

다시는 엮이고 싶지 않아 그의 전화번호를 수신 차단

했다.

과잉해석, 왜곡해석뿐 아니라 감정선을 자극하는 능구
렁이 같은 화법을 교양 있는 척 감당해주고픈 아량이 바
닥났기 때문이다. 그와 나눈 문자메시지와 통화 내역이
사라짐과 동시에 불현듯, 이처럼 비상식적인 청탁을 받
은 작가가 나 말고도 또 있을지 모른다는 의구심이 일었
다. 물론 아닐 테지만, 만약에, 만약에 그런 일이 있었고,
청탁을 받은 작가가 있었는데, 그가 마침 일자리는 끊기
고, 고시원 월세는 밀리고, 공과금 체납은 눈덩이고, 지
병은 깊고, 먹거리마저 바닥난 처지의 전업 작가였다면
얼마나 상심이 컸을까 생각하니, 정말 있는 일처럼 쓸쓸
하고 씁쓸했다.

대체 왜 내게 이런 황당한 일이? 라며 이해할 수 없었
지만, 어디선가 나 말고 누군가도 겪었을 수 있던 일 아
닐까 싶으니, 오히려 내가 겪은 게 다행이라 여겨졌다.
그래도 난 그런 일로 일상이 붕괴되진 않으니까. 게다
가 이런 황당한 일을 글로 남길 만큼 맷집도 좋으니까.